ÉVARISTE CARRANCE

A VINGT ANS

UN ACTE EN VERS.

PARIS

E. DENTU, LIBRAIRE-ÉDITEUR,

PALAIS-ROYAL, GALERIE D'ORLÉANS.

1866

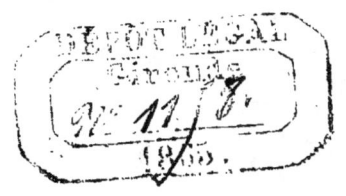

A VINGT ANS

ÉVARISTE CARRANCE

A VINGT ANS

UN ACTE EN VERS.

PARIS

E. DENTU, LIBRAIRE-ÉDITEUR,

PALAIS-ROYAL, GALERIE D'ORLÉANS.

1866

1866

PERSONNAGES.

CHARLES DE LIVRY.

LÉON DUVAL.

ÉVA RAYNAL DE ROCHELOIR.

Mme DE LIVRY.

———————

A VINGT ANS

LA SCÈNE SE PASSE DANS LES ENVIRONS D'ORLÉANS.

Un vaste salon richement décoré. — Portes à droite et à gauche ; au fond, un large rideau de soie dérobant à l'œil une galerie.

SCÈNE PREMIÈRE.

CHARLES, seul.

Profitons, je suis seul, pour un instant peut-être...
Inspiré par l'amour, si j'écrivais ma lettre ?
Une lettre !... allons donc ! ne puis-je à ses genoux,
Des rêves de mon cœur faire l'aveu si doux ?
Mais pour oser, vraiment, il me faut une audace...
Moi qui me croyais fort et presque un lovelace,
Dieu, que je me trompais !... Et qui m'eût dit qu'un jour,

Que pour deux grands yeux noirs je serais fou d'amour ?
Ah ! c'est ainsi pourtant, et je m'y perds moi-même ;
Pour toutes les raisons, je n'ai qu'un cri : Je l'aime !
Je l'aime cent fois plus que les fleurs du printemps :
Mon amour est réel, je vais avoir vingt ans !

(Après une pause).

Aujourd'hui quinze jours qu'un billet de ma mère
Me fit quitter Paris ; mon plaisir fut sincère.
Je laissai sans regret le grec et le latin,
Et les cloches grinçant le réveil du matin ;
Professeurs et pions, amis et camarades,
Reçurent franchement de belles accolades,
Et je partis heureux... Plein d'un charmant espoir,
Souriant au pays qu'enfin j'allais revoir,
Tendant déjà les bras à ma vaillante mère,
Mêlant jeune refrain à la vieille prière,
J'arrive enfin !... Après les chers embrassements,
Après les fous transports, l'oubli des accidents,
La porte s'ouvre... un cri s'échappe de mon âme,
Car un ange apparaît — non, c'était une femme,
Belle à damner un saint, portant la chasteté
Sur un front dont l'éclat reflétait la beauté ;
Son visage était doux ; et son regard pudique
Ressemblait au regard de notre vierge antique.
Eperdu, chancelant, ébloui, fasciné,
Je sentis le réveil d'un sentiment inné ;
Tout mon corps tressaillit... Alors ma bonne mère
Prit l'ange par la main et dit de sa voix claire :
« Mon fils, nous recevons dans notre vieux manoir
Ta tante Eva Raynal, veuve de Rocheloir.
Elle ne te connaît que grâce à ma tendresse ;
Elle a beaucoup souffert, prodigue-lui sans cesse
Un peu des tendres soins dont tu veux m'entourer :
Allons, embrassez-vous, enfants, il faut causer. »
J'avançai, frissonnant, et sur ma lèvre avide

Je sentis le satin d'un front pur et candide...
Eclair d'un cher bonheur, ô doux baiser d'amour,
Je ne m'appartiens plus, hélas ! depuis ce jour !

SCÈNE II.

CHARLES, LÉON.

LÉON.

Bonjour, mon bel enfant, la santé ?

CHARLES.

Toujours bonne.

LÉON.

Vingt ans mettent au front une belle couronne ;
Vingt ans jettent au cœur de doux pensers sereins ;
Cet âge ne connaît ni remords ni chagrins.

CHARLES.

Vous croyez ?

LÉON.

J'en suis sûr, j'ai possédé votre âge ;
Dans mon cœur chaque jour se gravait une image,
Mais qui fuyait bientôt ; fantôme gracieux,
Il errait follement... J'étais insoucieux.
Que m'importaient l'argent et les folles maîtresses ?
N'avais-je pas en moi des trésors de tendresses ?
Et le cœur, à vingt ans, écoute tant de voix !
Gloire, fortune, amour, me berçaient à la fois...
Alors j'étais heureux !

CHARLES.

Vous croyez ne plus l'être ?

Le bonheur...

LÉON.

Dure peu... sachez donc le connaître :
Vingt ans, c'est le soleil rayonnant des beaux jours ;
C'est le printemps fleuri qu'on regrette toujours ;
Enivrante saison des fleurs et des poètes,
Le cœur n'a pas subi l'affreux choc des tempêtes.
Age où rien n'est sacré, ne puis-je en frémissant
Le regretter encor devant vous, cher enfant !

CHARLES.

Cet âge, où le plaisir semble toujours sourire,
Cet âge insoucieux, dont le charmant délire
Fait un grand vide en vous, je ne le connais pas.

LÉON.

Peut-être, mon enfant, égarez-vous vos pas ;
Ce que vous racontez me paraît bien étrange.
Eh quoi ! dans votre cœur pas le plus petit ange
Ne vient secrètement, inspiré par l'amour,
Chagriner vos vingt ans, peut-être pour un jour ?

CHARLES.

Non, non, je n'aime point, mais jamais le caprice
Ne viendra me dompter ; ce mot est presque un vice.

LÉON, à part.

Ah ! ah ! continuons ; diable de puritain,
Me faudra-t-il ainsi causer jusqu'à demain
Pour savoir ?...

CHARLES.

Je pourrais bien trouver sur la terre
Un ange au cœur aimant, tendre comme ma mère.

LÉON, à part.

Fichtre ! il serait donc vieux !

CHARLES.

Vous dites, cher Léon ?...

LÉON.

Vous êtes un enfant, et voilà tout, mon bon ;
Car vous pouvez trouver une beauté sensible :
A ses charmes nombreux serez-vous inflexible ?

CHARLES.

Non, mais je l'aimerai devant le saint autel
Et la prendrai pour femme aux pieds de l'Eternel.

LÉON.

Oh ! qu'à vingt ans le cœur contient de belles choses !...
Supposez, cher enfant, qu'à nos pieds soient des roses,
D'une égale beauté, d'une égale splendeur ;
Toutes ont un parfum profond qui touche l'âme ;
Toutes ont un éclat divin qui vous enflamme ;
Toutes sont à vos pieds souriantes d'amour ;
Leur fraîcheur cependant ne peut durer qu'un jour.
Si vous ne les cueillez, ces belles fleurs jalouses,
Leurs frais pétales blancs, sur les vertes pelouses,
Viendront bientôt tomber sous les feux du soleil,
Et perdront pour toujours leur bel éclat vermeil.

CHARLES.

Pardonnez, cher Léon... j'ai comme des vertiges.

LÉON.

Répondez, répondez, briseriez-vous ces tiges ?
Et votre jeune cœur, bouillant de volupté,
Laisserait-il ainsi se flétrir la beauté ?

CHARLES.

Ma foi, cher...

LÉON.

Par exemple !

CHARLES.

Il faut que je m'explique :
De ces divines fleurs prenant la plus pudique,
Tâcherai...

LÉON, parodiant avec ironie.

D'être heureux en vivant à l'écart ?
Malheureux, cette fleur serait prise au hasard.

CHARLES.

Eh bien tant pis !

LÉON.

Il l'aime, il l'aime avec folie !
A toutes ces beautés j'eusse jeté ma vie,
Et j'eusse pris la leur, en donnant en retour
Les doux chants de mon cœur et ses soupirs d'amour.

(Il sort).

SCÈNE III.

CHARLES, seul.

Que je respire un peu... Quels affreux précipices
Se montrent à mon cœur ! Cet homme a tous les vices,
Et je croyais, ma foi, ne point sortir vivant
De cet esprit malsain, de ce gouffre béant.
Quel voisin nous avons ! Je suis plein de colère
Contre cet enragé, ce sot célibataire.
Aimer toutes les fleurs !... Je ne puis le souffrir.
Je n'en vois qu'une seule et ne puis la cueillir.
Pourtant, je veux oser — serait-ce un gros blasphème —
De murmurer tout bas : Chère Eva, je vous aime !

(Entre Eva).

SCÈNE IV.

CHARLES, ÉVA.

ÉVA.

Bonjour, ami, je viens vous trouver un instant.

CHARLES.

L'espérance du cœur m'a pour fidèle amant.
Oh ! merci mille fois, Eva, d'être venue.

ÉVA.

J'ai laissé votre mère au bout de l'avenue,
Avec notre voisin, discutant d'intérêt.

CHARLES, avec tristesse.

Un gros mur mitoyen causait ce grand secret :
Je le bénis, Eva, car je vous vois sourire...
  (A part).
Je meurs, ét je ne sais faire un aveu... Que dire ?...
  (Haut).
Nul ne peut me voler ce sourire enchanteur.

ÉVA, à part.

Mais qu'a-t-il ? pauvre enfant, une peine de cœur !
Que ne suis-je aujourd'hui sa douce confidente ?
Pour garder les échos de cette tête ardente,
Oh ! je souffrirais trop, qu'il ne sache jamais...

CHARLES.

Merci d'être venue en ces lieux... Je songeais...
J'éprouvais le besoin de revoir une amie ;
Je sentais comme un flot d'une amère ironie
Entraîner tout mon être et se frayer en moi
Un chemin qui conduit à nier toute loi.

ÉVA.

Charles !

(A part).

    Qu'a-t-il, Seigneur ? Quelle peine l'oppresse
Ne puis-je lui prouver ma craintive tendresse ?

CHARLES.

Le monde est un tyran despotique et railleur,
On me l'a souvent dit... Moi je crois au bonheur.

ÉVA.

A votre âge, on croit tout.

CHARLES.

        Ils sont tous implacables !
Quoi ! mes vingt ans pour tous seraient insupportables
Car je les vois partout suivis par des leçons...
Oh ! j'ai l'enfer dans l'âme, et suis brisé... causons
Je vois donc l'avenir resplendissant de charmes.

ÉVA.

Ah ! puissiez-vous jamais ne connaître les larmes
Et les soucis rongeurs, les haines au front bas
Et les rêves brisés par la main du trépas !
A quel propos, neveu, ces vilaines pensées ?

CHARLES.

Ce matin, quelques fleurs dont les tiges brisées
Ont rembruni mon front.

ÉVA.

       Quoi ! depuis ce matin,
Et pour si peu, vraiment, prendre un air si chagrin ?
Je doute...

CHARLES.

   Elles penchaient leurs têtes vacillantes ;

Leurs corolles d'azur devenaient blêmissantes ;
Je me courbai pensif devant ce triste sort :
Des images de deuil, de douleur et de mort,
Vinrent autour de moi, farouches et cruelles,
En me montrant les fleurs...

ÉVA.

Murmurer ?...

CHARLES.

Meurs comme elles !
Puis, à ce même instant de pénibles terreurs,
Je sentis que mes yeux se voilaient sous des pleurs.

ÉVA.

Oh !

CHARLES.

Tenez, je ne puis garder un long silence.
Sur le seul sentiment qui fait mon espérance...
J'aime une femme, un ange...

ÉVA, à part.

Il aime donc aussi ?

(Avec force).

Cet ange, cette femme, où donc est-elle ?

CHARLES.

Ici !
Tuez-moi, repoussez ce sanglant anathême,
L'aveu de mon amour, ma chère Eva, je t'aime !
Pardon, mon crime est grand, j'ai dit la verité...
Que je meure par vous !

ÉVA, éplorée.

Grâce, par charité !

CHARLES, prenant la main d'Eva.

Votre regard se voile, Eva, votre main tremble...
Mon esprit est perdu, je meurs...

ÉVA.

Mourons ensemble !

CHARLES.

Quoi !

ÉVA.

Je t'aime !

CHARLES.

Oh ! c'est trop, oui, c'est trop de bonheur !
Ne laissez pas ainsi mon âme dans l'erreur,
Rappelez-vous des fleurs belles et moissonnées...

ÉVA.

Vous avez devant vous de brillantes années,
Je ne me repens pas, Charles, de mes aveux ;
Mais je dois au plus tôt abandonner ces lieux.

CHARLES.

Quitter cette maison ?

ÉVA.

Il le faut, dans une heure ;
Le malheur doit déjà planer sur ta demeure.
Maudite, je ne puis m'arrêter nulle part ;
Mon crime est inconnu, je me place à l'écart.
Et toujours sur mes pas, guidés par la tristesse,
S'attache un cœur aimant brisé par la détresse.
Il faut partir, il faut !

CHARLES.

Et je pars avec vous.

ÉVA.

Non, il te reste, enfant, un amour chaste et doux :
Tu dois veiller aussi sur les jours de ta mère ;
Tu dois guider ses pas tremblants sur cette terre,
Et plus tard, le bonheur...

CHARLES.

Je vous aime, et je veux,
Eva, vivre avec vous, ou mourir sous vos yeux.

(Il parle bas).

Pendant ces dernières paroles, le rideau du fond s'est soulevé et
Madame de Livry entre dans la galerie sans apercevoir les deux
jeunes gens.

SCÈNE V.

LES MÊMES, Mme DE LIVRY.

Mme DE LIVRY.

Oh ! cette fois, vraiment, je vais tout leur apprendre,
Et je crois, sur l'honneur, que je vais les surprendre.
Cette mignonne enfant voulait ensevelir
Dans quelque vilain cloître un affreux souvenir...
Elle aimait son mari ; mais, sans repos ni trêve,
La mort, qui prend partout, à son amour l'enlève ;
Elle vient habiter ce modeste manoir,
Afin de conserver son profond désespoir...
Et notre cher voisin, un fou millionnaire,
Léon Duval enfin, prétend que sur la terre
Il n'est qu'un pur trésor, qu'une fille des cieux ;
Que d'Eva follement il se sent amoureux,
Et qu'il veut à ses pieds déposer ses richesses,
Son nom — qui n'est pas beau — puis toutes les tendresses
D'un cœur qui doit sonner bientôt cinquante hivers.

(Charles s'agenouille devant Eva)

Ma foi, j'ai répondu, je crois, presque à l'envers.
Je vais tout raconter à cette bonne amie.

> (Elle apparaît et aperçoit Charles agenouillé).

Ah! qu'ai-je vu, Seigneur?

CHARLES.

C'est ma mère !

Mᵐᵉ DE LIVRY.

Infamie !...

CHARLES.

Par grâce...

ÉVA.

Ecoutez-moi !...

Mᵐᵉ DE LIVRY.

Sous le toit maternel...
Mon fils, l'asile est pur, loyal et solennel ;
Le blason des Livry, comme un soleil sans tache,
Ne doit pas supporter le cynisme d'un lâche...
Sortez, je vous l'ordonne !

CHARLES.

Au nom du ciel...

Mᵐᵉ DE LIVRY.

Sortez !

> (Charles sort en s'inclinant).

SCÈNE VI.

Mᵐᵉ DE LIVRY, ÉVA, plus un DOMESTIQUE.

Mᵐᵉ DE LIVRY, à Eva.

Soutenez mon regard, femme, si vous l'osez.

ÉVA.

Votre regard a pu sonder toute mon âme.
Avez-vous deviné mes tortures de femme?
Avez-vous bien compris les sanglots de mon cœur?
Avez-vous mesuré l'abîme du malheur?

Mme DE LIVRY.

Madame!

ÉVA.

Ecoutez-moi. J'ai souffert sur la terre
Tout ce qu'on peut souffrir de haine et de misère;
J'ai vainement prié le Dieu qu'on ne voit pas;
J'ai longtemps demandé l'oubli dans le trépas;
J'ai quitté ce Paris qui me fut si funeste...
De toute ma beauté, voyez ce qu'il me reste.
Voyez mon front flétri, puis mon regard brisé...
Dans mes nuits sans sommeil mon corps s'est épuisé;
Du vin frais et vermeil il n'est plus que la lie;
J'aspire après la mort, j'implore la folie,
Le malheur me poursuit.

Mme DE LIVRY.

Madame, en vérité,
Vous méprisez par trop votre grave beauté;
A vos pieds cependant, il était tout à l'heure,
Un fils qui flétrissait l'honneur de sa demeure;
Un faible adolescent, inspiré par l'amour,
Jurant par ses vingt ans d'aimer et sans retour;
Il doit être bien gauche, et cette folle tête,
Sans efforts cependant a fait votre conquête...
Mes compliments, madame, et des rêves d'espoir.
Je plains sincèrement le défunt Rocheloir,
Vous l'avez bien trompé.

ÉVA.

Mais je suis innocente.

Oh ! l'enfer n'est qu'un mot !

Mme DE LIVRY.

Je ne suis point méchante.
Vous avez promptement oublié votre époux :
Cela m'est fort égal, et c'est affaire à vous ;
Je m'inquiète peu des affaires des autres ;
Je méprise et je hais les infâmes apôtres ;
Ils ont trahi le ciel, ils ont été punis...
Encore quelques mots, madame, et je finis :
Vous étiez sans parents, sans appui, sans ressources,
Et je vous ai donné mon cœur avec ma bourse ;
Et je vous ai tendu loyalement la main.
Je me souviens, allez, vous n'aviez pas de pain.
Je ne vous dirai pas ma belle récompense,
J'ai chassé mon enfant.

ÉVA.

C'était de la démence.
Il reviendra bientôt obéissant et doux ;
Que sur moi votre cœur verse tout son courroux.
Je souffre et ne crains plus ni haine ni misère ;
Vos reproches sont durs : je comprends une mère,
Et je veux pardonner en faveur d'un ami
Qui me parlait d'amour. Aussi pure que lui,
Je n'ai dans mon esprit que de douces pensées,
Fleurs brillantes jadis, que le temps a fanées.
Je ne suis point coupable, ô mère, croyez-moi !
Sur le repos des morts, sur l'éternelle foi,
Sur les cendres de ceux qui m'entouraient naguère,
Sur l'âme de celui que je nommais mon père,
Sur mon salut...

Mme DE LIVRY.

Pour rendre à sa tranquillité
Mon être qui frémit, mon esprit agité,

Pour que je puisse croire et pour que je pardonne,
Il faut aveuglément m'obéir.

ÉVA.

Ma personne
Est toute à vous, madame, et je veux vous prouver
Que depuis bien longtemps elle ne peut rêver.
Parlez, qu'attendez-vous de mon obéissance ?
Je suis forte, et... faut-il quitter votre présence ?
J'allais partir.

Mme DE LIVRY.

Eva, je veux bien croire en vous,
Et de ma main je veux vous offrir un époux.

ÉVA.

Madame... oh ! ce malheur, c'est celui de ma vie.

Mme DE LIVRY.

Eh bien ! vous refusez ?

ÉVA.

Non, non, je me marie.

(A part).

Charles, puisse le ciel te combler de faveurs !
A moi tous les dédains et toutes les douleurs !

(Haut).

J'obéirai, madame.

Mme DE LIVRY.

A l'instant.

ÉVA.

Quoi ! si vite ?

Et ce contrat maudit...

Mme DE LIVRY.

Doit se signer de suite.

ÉVA.

Eh quoi ! pas un délai ?

UN DOMESTIQUE, annonçant.

Monsieur Léon Duval !

SCÈNE VII.

LES MÊMES, LÉON.

Mme DE LIVRY.

Votre futur époux, ma chère, n'est pas mal.

ÉVA.

Ni grâce ni merci !

Mme DE LIVRY.

Mon cher voisin...

LÉON, saluant.

Mesdames...

Mes sincères respects.

(A part).

Voici deux belles âmes !

(Haut).

Les cygnes, scintillants d'une pure blancheur,
N'ont pas, ainsi que vous, l'éternelle fraîcheur ;
Mais l'attente à mon âme est un affreux supplice.
J'ai vingt fois fait le tour là-haut du précipice ;
Le temps s'est écoulé... Plein d'un désir nouveau,
J'ai promptement repris le chemin du château.

(A Eva).

Vous connaissez le vœu qu'un regard a fait naître ;
Le travail d'autrefois est mon unique ancêtre.
Pendant longtemps j'ai cru qu'il suffirait toujours
A me faire couler les plus tranquilles jours.

Votre présence ici m'a prouvé le contraire,
Et sans vous, chère Eva, je veux quitter la terre ;
Quand on aime à mon âge on doit aimer longtemps.
Autrefois dans mon cœur sautaient de gais printemps ;
Je comprenais l'amour comme une fantaisie
Dont mon âme un instant fut peut-être saisie ;
Et sans être plus calme et moins tumultueux,
Mon amour aujourd'hui, madame, est sérieux.

Mme DE LIVRY, à Eva.

Répondez.

(A Léon).

Cher monsieur, votre choix nous honore.
Eva de Rocheloir consent...

ÉVA, à mi-voix.

Oh ! pas encore !

Mme DE LIVRY, continuant.

A vous prendre pour guide... elle vous tend la main.

(Eva tend la main)

LÉON, prenant la main et la portant aux lèvres.

Que le ciel soit béni ! mon bonheur est certain.

Mme DE LIVRY.

Vous allez me trouver bien étrange et bizarre ;
A mon âge, voisin, tout cela n'est pas rare.
Un notaire appelé par mon vieil intendant
Est venu ce matin pour un procès méchant ;
Je l'ai presque reçu d'un œil plein de colère,
Mais je suis bonne femme au fond, et ce notaire...

LÉON.

N'en peut mais.

Mme DE LIVRAY.

Chers enfants, vous vous aimez tous deux,

Signons tous le contrat.

LÉON.

Ah ! vous comblez mes vœux !

(Il présente le bras à Eva, qui le prend).

Chère Eva...

ÉVA, à part.

Je le prends, mais je vais à la tombe !

Mme DE LIVRY.

Vous allez au bonheur...

(Ils ouvrent la porte de droite et disparaissent).

SCÈNE VIII.

CHARLES, seul.

Que l'enfer sur moi tombe !
Personne ici, personne ! Et mon cœur désolé
Ne doit plus voir cet ange à jamais envolé !...
Ma mère a pu chasser le fils de sa tendresse;
Eva courbe son front comme une pécheresse;
Et moi, les yeux hagards, comme un vil criminel,
J'ai fui sans écouter le courroux maternel !
Non, non, c'est trop souffrir, mon attente est cruelle...
Eva, ma chère Eva... Seigneur, où donc est-elle ?...
Et ma mère ?... Oh ! je veux crier grâce et pardon ;
Et si son cœur dit oui, si sa lèvre dit non,
A ses pieds je mettrai les regrets de mon âme ;
L'avenir blême et froid, sans cette douce femme ;
Elle ne pourra voir ainsi pleurer l'enfant
Qu'elle a souvent bercé, qu'elle aime tendrement,
L'enfant qu'elle a caché sous son aile de mère,
L'être qui lui doit tout, l'être qui la vénère...
Oui je vais des sanglots... J'entends du bruit, je crois,...

Et dans ce cabinet, je reconnais ces voix...
Mais pourquoi suis-je ému comme une faible femme ?
Il me faut dérober tous les pleurs de mon âme !...

(Il va pour ouvrir.—Mme de Livry apparaît, donnant le bras au notaire,
et Eva donnant le bras à Léon. — Charles recule).

SCÈNE IX.

CHARLES, Mme DE LIVRY, ÉVA, LÉON.

ÉVA, à part.

C'est lui !

CHARLES.

Seigneur !

Mme DE LIVRY.

Mon fils, Henry Léon Duval,
Votre oncle enfin, l'époux de madame Reynal.

(Charles recule encore).

LÉON.

Le bonheur a voulu visiter ma vieillesse,
Beau neveu, vous aurez part à notre tendresse.

Mme DE LIVRY.

Sortons, il faut laisser mon fils seul en ce lieu,
Il attend un ami.

(Ils sortent.)

SCÈNE X.

CHARLES, seul, d'une voix strangulée par l'émotion.

Mon Dieu ! mon Dieu ! mon Dieu !...
Allons, je puis souffrir, rêver, douter ou croire,

Je tends aux conviés, mon verre vide à boire.
Donnez du fiel, je veux m'abreuver à mon tour!
A moi le fol orgueil, le frénétique amour,
Et les sons discordants de la sauvage orgie ;
A moi les doigts crochus de la poignante envie...
Mais adieu pour toujours au bonheur d'autrefois ;
Adieu, rêves charmants ; adieu, mystiques voix ;
Adieu, doux souvenirs ; adieu, pure innocence,
Elan d'un cœur naïf, douce et chère croyance ;
Adieu, mon beau chemin tout parsemé de fleurs,
De mon esprit soudain s'enlèvent les erreurs ;
Adieu, fraîche cascade à l'onde calme et pure
Qui m'offrais le tableau d'une sainte nature !...
Et vous, jours parfumés d'un rapide printemps,
Recevez mes adieux, car je n'ai plus vingt ans !

DU MÊME AUTEUR

—

LE ROI DES PÊCHEURS, un volume. Prix : 2 francs.
EN PROVINCE, un acte en vers. Prix : 1 franc.

———

EN PRÉPARATION

RÉCITS DU SOIR, Contes et Nouvelles, un volume.
LES TOQUÉS, un acte en vers.

Bordeaux. — Typographie Ve Justin Dupuy et Comp., rue Gouvion, 20